TABLEAUX

PAR

CH. DESHAYES

ET

G. MASCART

Tableaux, Dessins et Aquarelles par divers

Fusains

par

KARL-ROBERT

Mᵉ H. TROUILLET	M. Georges MEUSNIER
COMMISSAIRE-PRISEUR	EXPERT
63, rue Sainte-Anne, 63	27, rue Saint-Augustin, 27

Paris - 1895

15-16 Décembre

IMPRIMERIE MAULDE ET Cie

MAULDE, DOUMENC & Cie

IMPRIMEURS DE LA COMPAGNIE DES COMMISSAIRES-PRISEURS

Rue de Rivoli, 144 — Paris

CATALOGUE

DE

TABLEAUX

PAR

CH. DESHAYES

ET

G. MASCART

FUSAINS

PAR

KARL-ROBERT

DONT LA VENTE AURA LIEU

HOTEL DROUOT — SALLE N° 8

Le Lundi 16 Décembre 1895

A DEUX HEURES ET DEMIE

Mᵉ H. TROUILLET	**M. Georges MEUSNIER**
COMMISSAIRE-PRISEUR	EXPERT
63, rue Sainte-Anne, 63	27, rue Saint-Augustin, 27

EXPOSITION PUBLIQUE

Le Dimanche 15 Décembre 1895

De 1 heure 1/2 à 5 heures 1/2

PARIS — 1895

CONDITIONS DE LA VENTE

La vente sera faite au comptant.

Les acquéreurs paieront CINQ POUR CENT en sus des enchères, applicables aux frais de vente.

L'exposition mettant le public à même de se rendre compte de l'état des objets, il ne sera admis aucune réclamation une fois l'adjudication prononcée.

54846 — Imp. MAULDE, DOUMENC et Cie. rue de Rivoli, 144

DÉSIGNATION

TABLEAUX

PAR

CH. DESHAYES

1. **A** Nogent-sur-Marne.

   H. 0^{m}61; L. 0^{m}66.

2. Soleil couchant.

   H. 0^{m}61; L. 0^{m}46.

3. Lever de Lune.

   H. 0^{m}61; L. 0^{m}46.

4. Nogent-sur-Marne.

   H. 0^{m}61; L. 0^{m}46.

5. Au Lac Saint-James, Bois de Boulogne.

   H. 0^{m}63; L. 0^{m}40.

6. Dans les Cascades, à Cernay.

H. 0^m 66 ; L. 0^m 38.

7. Soleil couchant : Automne.

H. 0^m 46 ; L. 0^m 38.

8. Printemps : Le Matin.

Panneau décoratif.

H. 0^m 41 ; L. 0^m 23.

9. Été : Plein Jour.

Panneau décoratif.

H. 0^m 41 ; L. 0^m 23.

10. Automne : Le Soir.

Panneau décoratif.

H. 0^m 41 ; L. 0^m 23.

11. Hiver : Effet de Lune.

Panneau décoratif.

H. 0^m 41 ; L. 0^m 23.

12. Après la Pluie à Nogent-sur-Marne.

H. 0^m 35 ; L. 0^m 26.

13. Sous Bois.

H. 0^m 46 ; L. 0^m 33.

14. Automne à Nogent-sur-Marne.

H. 0^m 32 ; L. 0^m 24.

15. A Granville, marée basse.

H. 0^m 33 ; L. 0^m 19.

16. A Nemours, le matin.

H. o^m 33 ; L. o^m 19.

17. Étangs de Villebrun.

H. o^m 33; L. o^m 19.

18. Ruisseau sous bois.

H. o^m 53 ; L. o^m 19.

19. Aux Étangs de Cernay.

H. o^m 35; L. o^m 21.

20. Moulin de la Galette, à Montmartre.

H. o^m 46; L. o^m 38.

21. Dans les Cascades de Cernay.

H. o^m 73; L. o^m 60.

22. Une Brise sous un chêne.

H. o^m 73; L. o^m 60.

23. Dans l'Ile Saint-Denis.

H. o^m 55; L. o^m 46.

24. Dans l'Ile Saint-Ouen.

H. o^m 60; L. o^m 36.

25. A Granville, marée basse.

H. o^m 60; L. o^m 46.

26. Sous Bois à Marly.

H. o^m 46; L. o^m 38.

27. Soleil couchant sur la Seine.

H. 0^m46; L. 0^m38.

28. Le Matin au printemps, à Saint-Ouen.

H. 0^m46; L. 0^m38.

29. Sur l'Yvette, près Gyff.

H. 0^m46; L. 0^m33.

30. Journée d'été en Seine-et-Oise.

H. 0^m46; L. 0^m33

31. Au Moulin de Beaumontel.

H. 0^m46; L. 0^m33.

32. Aux Étangs de Villebrun.

H. 0^m41; L. 0^m33.

33. Soleil couchant près de Neuilly-sur-Seine.

H. 0^m41; L. 0^m33.

34. Peupliers aux Étangs de Villebrun.

H. 0^m41; L. 0^m27.

35. Soleil couchant à Cernay.

H. 0^m24; L. 0^m16.

36. Lever du Soleil à Cernay.

H. 0^m24; L. 0^m16.

37. Ancien Moulin de Saint-Ouen.

H. 0^m55; L. 0^m46.

38. Le Pont de Saint-Ouen.

H. 0^m65 ; L. 0^m42.

3g. A Saint-Pierre-de-Nemours.

H. 0^m5o ; L. 0^m35.

40. Sous Bois à Villebrun.

H. 0^m46 ; L. 0^m38.

41. Le Panier renversé (Raisins).

H. 0^m65 ; L. 0^m5o.

42. Le Panier renversé (Pommes).

H. 0^m65 ; L. 0^m5o.

43. L'Arrivage. (Pommes).

H. 0^m73 ; L. 0^m54.

44. Grenades, Raisins blancs et Figues.

H. 0^m65 ; L. 0^m38.

45. Grenades, Raisins noirs et Figues.

H. 0^m65 ; L. 0^m38.

46. Grenade et Raisin noir.

H. 0^m45 ; L. 0^m39.

47. Chrysanthèmes (Vase italien).

H. 0^m62 ; L. 0^m47.

48. Chrysanthèmes.

H. 0^m62 ; L. 0^m47.

49. Poissons, la Bourriche renversée.

H. 0^m55; L. 0^m46.

50. Devant Cherbourg, marée basse.

H. 0^m73; L. 0^m39.

51. A Saint-Ouen (Seine).

H. 0^m19; L. 0^m13.

52. A Saint-Ouen (Seine).

H. 0^m19; L. 0^m13.

53. L'Automne au bord de la Seine.

H. 0^m19; L. 0^m12.

54. Matinée d'Été.

H. 0^m19; L. 0^m12.

55. L'Été.

H. 0^m19; L. 0^m12.

56. L'Automne.

H. 0^m19; L. 0^m12.

57. L'Été au bord de la Seine.

H. 0^m20; L. 0^m12.

58. L'Été au bord de la Seine.

H. 0^m20; L. 0^m12.

59. Soleil couchant d'automne.

H. 0^m19; L. 0^m13.

60. Lever de soleil en automne.

H. 0^m 16; L. 0^m 12.

61. Coucher de soleil en automne.

H. 0^m 16; L. 0^m 12.

62. En Seine-et-Oise, matinée.

H. 0^m 16; L. 0^m 12.

63. Au bord de l'Yvette.

H. 0^m 16; L. 0^m 12.

64. Au bord de l'Yvette.

H 0^m 16; L. 0^m 12.

65. Bords de la Seine.

H. 0^m 16; L. 0^m 12

66. Sur l'Yvette.

H. 0^m 16; L. 0^m 12.

67. Bords de l'Oise.

H. 0^m 16; L. 0^m 12.

68. Matinée de Septembre en Seine-et-Oise.

H. 0^m 16; L. 0^m 12.

69. Matinée de Septembre en Seine-et-Oise.

H. 0^m 16; L. 0^m 12.

70. Soleil couchant.

H. 0^m 16; L. 0^m 12.

71. Le Matin.

H. 0^m16; L. 0^m12.

72. Dans la Forêt de Sénart.

H. 0^m16; L. 0^m12.

TABLEAUX

PAR

G. MASCART

---

73. Le Port de Deauville.

        H. 0^m46; L. 0^m32.

74. Les Bords de la Loire.

        H. 0^m41; L. 0^m33.

75. Boulogne-sur-Mer.

        H. 0^m41; L. 0^m33.

76. Une Rue à Villers (Nord).

        H. 0^m41; L. 0^m33.

77. Vue prise à Varennes (Nièvre).

        H. 0^m41; L. 0^m33.

78. Vue prise à La Môle (Cher).

        H. 0^m41; L. 0^m33.

79. Le Marché à Fourchambault.

> H. 0^{m}41 ; L. 0^{m}33.

80. Guingamp (Côtes-du-Nord).

> H. 0^{m}41 ; L. 1^{m}33.

81. Vue prise à Bruges (Belgique).

> H. 0^{m}41 ; L. 0^{m}33.

82. Rue de la Herse à Cambrai (Nord).

> H. 0^{m}41 ; L. 0^{m}33.

83. Les Bords de la Lys à Gand (Belgique).

> H. 0^{m}41 ; L. 0^{m}33.

84. Une Rue au Bordin (Nièvre).

> H. 0^{m}41 ; L. 0^{m}33.

85. Une Rue à Fourchambault (Nièvre).

> H. 0^{m}41 ; L. 0^{m}33.

86. Le Pont Louis-Philippe, à Paris.

> H. 0^{m}41 ; L. 0^{m}27.

87. La Tour Montalban, à Amsterdam.

> H. 0^{m}41 ; L. 0^{m}27.

88. Le Marché à La Touque (Calvados).

> H. 0^{m}35 ; L. 0^{m}27.

89. Le Pont-Neuf, à Paris.

> H. 0^{m}35 ; L. 0^{m}27.

90. La Porte Saint-Denis, à Paris.

H. 0ᵐ35; L. 0ᵐ27.

91. Un Canal à Gand (Belgique).

H. 0ᵐ35; L. 0ᵐ27.

92. Le Tréport.

H. 0ᵐ33; L. 0ᵐ24.

93. La Place de la République, à Paris.

H. 0ᵐ27; L. 0ᵐ21.

AQUARELLES

PAR

RACINE

—

94. Pavillon noir.

95. Kroumir (Dessin).

96. Un Coin au bord de la Sarthe.

97. Trompette Louis XIV.

98. Les Meules à Auvers-sur-Oise

99. Les Meules à Auvers-sur-Oise.

FUSAINS

PAR

KARL-ROBERT

—

100. Quatre Panneaux décoratifs pris aux bords de la Marne.

101. Effet de lune.

102. Un Moulin en Seine-et-Oise.

103. L'Oise, à Auvers.

104. Les Bords de la Sarthe.

105. Un Ruisseau, à Mantes-la-Jolie.

106. Effet de neige.

107. La Neige en forêt.

108. La Maine, à La Varenne.

DIVERS

BORIS

109. L'Ile Saint-Ouen ; paysage.

CHAMPION

110. Intérieur de ferme.

111. Paysage.

112. Divers Tableaux, Études, Dessins, etc.